¿Todavía me queda?

Por Dona Herweck Rice
Ilustrado por Mary Rojas

Esto antes me quedaba.

Ahora le queda a ella.

Esto antes me quedaba.

Ahora le queda a ella.

Esto antes me quedaba.

Ahora le queda a ella.

Esto antes me quedaba.

Ahora le queda a ella.

Esto antes me quedaba.

¡Todavía me queda!

Créditos de publicación

Rachelle Cracchiolo, M.S.Ed., *Editora comercial*
Nika Fabienke, Ed.D., *Directora de contenido*
Véronique Bos, *Directora creativa*
Shaun Bernadou, *Directora de arte*
Stephanie Loureiro, *Editora asociada*
Caroline Gasca, M.S.Ed., *Editora superior*
Jess Johnson, *Diseñadora gráfica*

Créditos de imágenes: Ilustraciones de Mary Rojas.

Library of Congress Cataloging-in-Publication Data

Names: Rice, Dona, author. | Rojas, Mary, illustrator.
Title: ¿Todavía me queda? / por Dona Herweck Rice ; ilustrado por Mary Rojas.
Other titles: Perfect fit. Spanish
Description: Huntington Beach, CA : Teacher Created Materials, [2020] | Audience: Grades K-1.
Identifiers: LCCN 2019052005 (print) | LCCN 2019052006 (ebook) | ISBN 9780743927901 (paperback) | ISBN 9780743928052 (ebook)
Subjects: LCSH: Spanish language--Readers. | Human growth--Juvenile fiction.
Classification: LCC PC4115 .R5155 2020 (print) | LCC PC4115 (ebook) | DDC 468.6/2--dc23

TCM Teacher Created Materials
5301 Oceanus Drive
Huntington Beach, CA 92649-1030
www.tcmpub.com

ISBN 978-0-7439-2790-1

Printed by 51250
PO 9989 / Printed in USA